(N° 141)

Collection de M. ALFRED ROBAUT
(1ʳᵉ PARTIE)

Vente du Lundi 2 Décembre 1907
HOTEL DROUOT — SALLE N° 8

N° 180 du Catalogue.

DESSINS & ESTAMPES
MODERNES

Mᵉ Henri BERNIER
Administrateur de l'Etude de feu
Mᵉ Paul CHEVALLIER

M. LOYS DELTEIL

IMPRIMERIE

FRAZIER-SOYE

153-157, Rue Montmartre

PARIS

CATALOGUE

DES

DESSINS

ET

ESTAMPES

DE

COROT, DELACROIX, ROUSSEAU, ETC.

Formant la Première Partie

DE LA

Collection de M. ALFRED ROBAUT

Dont la vente aura lieu

à Paris, HOTEL DROUOT, Salle N° 8

Le Lundi 2 Décembre 1907

à 2 heures précises

Par le ministère de M⁺ Henri BERNIER,

Administrateur de l'Etude de feu M⁰ Paul Chevallier

10, rue de la Grange-Batelière

Assisté de M. LOYS DELTEIL, Artiste-Graveur, Expert

2, Rue des Beaux-Arts

CONDITIONS DE LA VENTE

Elle sera faite au comptant.

Les adjudicataires paieront *dix pour cent* en sus des enchères.

M. LOYS DELTEIL remplira les commissions que voudront bien lui confier les amateurs ne pouvant y assister ; il se réserve, en outre, la faculté de diviser ou de rassembler les lots.

MM. les amateurs pourront visiter la collection, 2, *rue des Beaux-Arts*, du Lundi 25 au Samedi 30 Novembre, de 2 heures à 5 heures.

Le Peintre-Graveur Illustré

(XIXe & XXe SIÈCLES)

par LOYS DELTEIL

OUVRAGE HONORÉ D'UNE SOUSCRIPTION DU MINISTÈRE DE L'INSTRUCTION PUBLIQUE
ET DES BEAUX-ARTS

TOME Ier. — MILLET, ROUSSEAU, DUPRÉ, JONGKIND

Épuisé.

TOME II consacré à CHARLES MERYON

1 volume in-4° de 190 pages, orné de portraits de MERYON, de 154 fac-similé et d'une eau-forte originale de MERYON.

40 Exemplaires de luxe.	**Épuisés**
400 Exemplaires avec l'eau-forte de MERYON . .	**25** francs
200 — sans l'eau-forte.	**20** —

EN PRÉPARATION *pour paraître en mars 1908 :*

TOME IIIe consacré à INGRES et à EUG. DELACROIX

EN PRÉPARATION *pour paraître en mai 1908 :*

TOME IVe consacré à ANDERS ZORN.

MANET, Graveur et Lithographe, par ET. MOREAU-NÉLATON :

1 vol. in-4°. orné de 125 reproductions

20 Exemplaires sur japon à.	**60** francs
205 — sur papier couché à	**40** —

L'ŒUVRE LITHOGRAPHIQUE

DE

FANTIN-LATOUR

Catalogue Complet de ses lithographies reproduites et réduites
par le procédé héliographique de J. BOYER

1 album de format in-folio. offrant, par le meilleur des procédés et dans les dimensions les plus grandes possibles. la reproduction de toutes les lithographies de FANTIN-LATOUR.

Cet ouvrage. tiré sur très beau papier. est limité à 125 exemplaires numérotés, dont 100 seulement mis dans le commerce.

Prix de l'Exemplaire. . . . . **100** francs

DESIGNATION

ESTAMPES

CHASSÉRIAU (Théodore)

1. Arabe montant en selle (A. B. 22). Très belle épreuve, *avant la lettre*, avec *dédicace*.

CHAUVEL (Th.)

2. Le Pont de Grez, d'après Corot (106). Superbe épreuve sur chine, *signée*.

3. Le Vaisseau Fantôme, d'après Meryon (107) — Chien basset, d'apr. Decamps (109). Deux pièces. Très belles épreuves sur chine.

COROT (J. B. C.)

EAUX-FORTES

4. Souvenir de Toscane (A. Robaut 1). Superbe épreuve *avant la lettre*, tirée sur papier ancien.

5. Le Bateau sous les Saules (2). Très belle épreuve.

6. L'Etang de Ville-d'Avray (3). Très belle épreuve sur chine fixé.

7. La même pièce. Très belle épreuve.

8. La même pièce. Belle épreuve.

9. Un Lac du Tyrol (4). Très belle épreuve *tirée en sanguine*.

10. La même pièce. Très belle épreuve.

11. La même pièce. Sept épreuves tirées *la lettre non encrée*, sur parchemin, japon, papiers de couleurs.

12. Souvenir d'Italie (5). épreuve tirée *avec cachet-lettre* — Paysage d'Italie (7). Deux pièces.

13. Environs de Rome (6). Très belle épreuve du 2° état.

14. Campagne boisée (8). Très belle épreuve, *avant la lettre*, sur chine.

15. La même pièce. Belle épreuve.

16. Vénus coupe les ailes de l'Amour, 1re pl. (10). Très belle épreuve sur japon.

17. La même pièce. Belle épreuve.

18. Vénus coupe les ailes de l'Amour, 2° pl. (11). Très belle épreuve sur japon.

19. La même pièce. Deux très belles épreuves.

20. Souvenir des Fortifications de Douai (12). Quatre très belles épreuves sur japon. *Seront vendues séparément.*

21. Le Dôme Florentin (13). Sept très belles épreuves sur japon, chine ou hollande. *Seront vendues séparément.*

AUTOGRAPHIES

22. Le Repos des philosophes (3141). Superbe épreuve d'essai, en ton bleuté.

23. La même pièce. Quatre très belles épreuves tirées en noir et en sanguine. *Seront vendues séparément.*

24. Le Clocher de St Nicolas-lez-Arras (3142). Superbe et rare épreuve d'essai, légèrement teintée au lavis par Corot.

25. La même pièce. Deux très belles épreuves tirées sur teinte. *Seront vendues séparément.*

26. La Tour isolée (3143). Très belle et rare épreuve d'essai, légèrement teintée au lavis par Corot.

27. La même pièce. Deux très belles épreuves. *Seront vendues séparément.*

28. La Rencontre au bosquet (3144). Très belle et très rare épreuve d'essai, légèrement teintée au lavis par Corot.

29. La même pièce. Deux très belles épreuves. *Seront vendues séparément.*

30. Le Cavalier dans les roseaux (3145). Deux très belles épreuves. *Seront vendues séparément.*

31. Le Coup de vent (3146). Trois très belles et fort rares épreuves du 1ᵉʳ état. *Seront vendues séparément.*

32. Le Dormoir des vaches (3147). Sept très belles épreuves tirées en tons différents (six d'essai). *Seront vendues séparément.*

33. Souvenir d'Italie (3148). Très belle et très rare épreuve d'essai.

34. La même pièce. Très belle épreuve.

35. Saules et peupliers blancs (3149). Superbe et fort rare épreuve d'essai.

36. La même pièce. Très belle épreuve tirée en bistre.

37. Le Moulin de Cuincy (3150). Superbe et unique épreuve d'essai, sur chine.

38. La même pièce. Très belle épreuve tirée en bistre.

39. Sapho (3151). Deux très belles et fort rares épreuves d'essai. *Seront vendues séparément.*

40. Une Famille à Terracine (3152). Six épreuves (4 d'essai). *Seront vendues séparément.*

41. Une Famille à Terracine, dessin original de Corot ayant servi pour le report sur pierre de la pièce précédente.

42. Sous Bois (3153). Deux épreuves d'essai.

43. Souvenir d'Ostie (3178). Cliché-verre. Très belle
    épreuve du 2ᵉ état.

44. Jeune Mère à l'entrée d'un bois (3180). Cliché-verre.
    Très belle épreuve.

45. Paysages et figures, fac-simile de dessins publiés
    par Desavary et Dutilleux. Soixante-trois pièces.

CUIVRES GRAVÉS

DE

COROT

46. Le Dôme Florentin. Cuivre inédit

47. Souvenirs des Fortifications de Douai. Cuivre
    inédit.

48. Vénus et l'Amour. Deux cuivres inédits.

DELACROIX (Eugène)

EAUX-FORTES et AQUA-TINTES

49. Tigre couché à l'entrée de son antre (A. Moreau 9
    — A. Robaut 314). *Bon à tirer*, signé : *L. Dumont*.

50. La même pièce. Très belle épreuve tirée sur papier
    ancien.

51. La même pièce. Très belle épreuve.

52. Villot (Mᵐᵉ F.) (M. 10 R 454). Très belle et rarissime
    épreuve du 1ᵉʳ état.

53. Le Christ au Roseau (13-455). Belle épreuve sur
    chine.

54. La même estampe, en même état.

55. Un Seigneur du temps de François 1ᵉʳ (22-460).
    Superbe épreuve du 2ᵉ état, *avant la lettre*, sur
    chine.

56. Un Homme d'armes (18-458). Très belle épreuve du
    1ᵉʳ état sur double chine.

57. La même estampe. Très belle épreuve sur japon
    fixé.

58. Une Juive d'Alger (19-461). Superbe épreuve du 2ᵉ
    état, *avant la lettre*, sur japon fixé.

Nᵒ 52 du Catalogue.

59. Un Forgeron (21-450). Très belle épreuve sur chine,
    les essais en marge *non encrés*.

60. Arabes d'Oran (23-462). Superbe et fort rare épreuve
    du 1ᵉʳ état (tiré à 4 ou 5 épr.).

61. La même estampe. Très belle épreuve du 2ᵉ état,
    sur chine fixé. Rare.

62. Chef Maure à Meknez (14-405). Très belle épreuve
    du 1ᵉʳ état, sur chine.

63. Rencontre de cavaliers maures (13-302), épr. de l'eau-forte (sans marges). On y a joint deux épreuves du transport sur pierre.

64. Tigre couché dans le désert (16-000). Belle épreuve avec l'adresse de Picot.

65. La même estampe. Deux épreuves, une avec l'adresse de Delâtre.

66. Lionne déchirant la poitrine d'un arabe (17-1005). Superbe épreuve du 1ᵉʳ état.

67. La même estampe. Trois épreuves.

LITHOGRAPHIES

68. L'Esclave favorite de l'Ambassadeur de Perse (2-11). Très belle épreuve d'une pièce dont il n'est connu que *deux épreuves*.

69. La Consultation (05-31). Très belle épreuve, *coloriée*.

70. La même estampe. Très belle épreuve.

71. Un bonhomme de lettres en méditation, 1ʳᵉ planche (101-42). Deux belles épreuves du 2ᵉ état.

72. Le même sujet, 2ᵉ planche (101-42). Très belle épreuve, *coloriée*.

73. Le grand Opéra — Théâtre Italien (93-94 — 43-44). Deux pièces. Belles épreuves.

74. Duel polémique entre Dame Quotidienne... (06-45) — Le Déménagement de la Censure (100-56). Deux pièces. Belles épreuves.

75. Leçon de voltiges (98-57) — Les Écrevisses à Longchamps (07-58) — Gare derrière !!!! (00-59). Trois pièces. Belles épreuves.

76. Nègre à cheval (33-80). Belle épreuve.

77. Macbeth consultant les Sorcières (30-117). Très belle épreuve du 3ᵉ état, avec l'adresse d'Engelmann.

78. Feuilles de 12 Médailles antiques (34-148). Belle
épreuve *avec l'adresse d'Engelmann.*

79. Feuilles de Médailles antiques (30-34). Cinq pièces.
Belles épreuves du tirage d'Engelmann (l'adresse
grattée).

80. Thésée vainqueur du centaure Euryte (4-140). Très
belle épreuve. Fort rare.

81. La Fuite du Contrebandier (38-104). Rare épreuve
du 2ᵉ état.

82. La même pièce. Très belle épreuve avec la
musique.

83. Méphistophélès dans la Taverne des Etudiants (65-
240). Très-rare épreuve du 1ᵉ état, *avant toute
lettre*, sur chine.

84. Faust et Méphistophélès galopant dans la nuit du
sabbat (74-250). Très-rare épreuve du 1ᵉ état, *avec
les croquis.*

85. La même estampe. Très-rare épreuve d'essai, avant
toute lettre.

86. Faust, suite complète formée d'épreuves de divers
tirages (Motte, Villain, etc.) et de marges variées.
Belles épreuves.

87. Faust, suite complète, édition de Gover et Hermet.

88. Faust, vingt-trois planches de divers tirages.

89. Cheval effrayé sortant de l'eau (30-200). Belle
épreuve du 1ᵉ état, sur chine.

90. La même pièce. Belle épreuve du 2ᵉ état.

91. Lion de l'Atlas — Tigre Royal (42-43 — 309-310).
Deux pièces se faisant pendants. Superbes épreuves avec deux millimètres de marge.

92. Duguesclin — La Sœur de Duguesclin (47-48
302-303). Deux pièces pour les *Chroniques de
France*. Belles épreuves, avec la couverture de
publ.

N° 80 du Catalogue.

93. La Fiancée de Lammermoor (48). Belle épreuve du 1ᵉ état.

94. Fronte-Bœuf et le Juif (45-308). Très belle épreuve du 2ᵉ état (sur 3), sur chine.

95. Cheval abattu et cavalier démonté (Non décrit par A. Moreau-Robaut 200). Contre-épreuve d'une lithographie, seul exemplaire connu.

96. Steenie (13-300). Belle épreuve sur chine.

97. Vercingétorix (44-312). Superbe épreuve d'un 1ᵉ état, *non décrit*, avant toute lettre.

98. La même pièce. Deux très belles épreuves.

99. Jeune Tigre jouant avec sa mère (40-300). Très belle épreuve du 1ᵉ état.

100. La même pièce. Très belle épreuve du 2ᵉ état.

101. La même pièce. Très belle épreuve du 3ᵉ état, sur chine.

102. La même pièce. Deux très belles épreuves des 5ᵉ et 6ᵉ états.

103. Hamlet contemplant le crâne d'Yorick (41-286). Très belle épreuve sur chine.

104. Jane Shore (40-289). Très belle épreuve sur chine.

105. Charles-Quint au Monastère de St Just (50-453). Belle épreuve du 1ᵉ état (le nom de Delacroix a été gratté).

106. Lion debout (14 RRR-450). Très belle épreuve d'une pièce fort rare.

107. Costumes de Tanger (10-405). Superbe épreuve. Rare.

108. Femme de Tanger étendant du linge (15-470). Superbe épreuve. Rare.

109. Muletiers de Tetuan (51-474). Très belle épreuve du 1ᵉ état.

110. La même pièce. Deux épreuves des 2ᵉ et 3ᵉ états.

111. Femme d'Alger (52-479). Trois belles épreuves du
2ᵉ état.

112. Arabes causant étendus sur des coussins (17-471).
Très belle épreuve du 2ᵉ état. Rare.

113. Le jeune Clifford trouvant le corps de son Père
(53-500). Deux belles épreuves d'états différents.

114. Juive d'Alger (54-684). Fort rare épreuve du 1ᵉʳ
état, *avant la lettre*.

115. Tigre qui se lèche (57-1300). Belle épreuve.

116. La Reine s'efforçant de consoler Hamlet (76-577).
Très belle épreuve du 1ᵉʳ état, *avant la lettre*.

117. Hamlet veut suivre l'ombre de son Père (77-578).
Très belle épreuve du 1ᵉʳ état, *avant la lettre*.

118. Hamlet et Ophélie (80-581). Très belle épreuve du
1ᵉʳ état, *avant la lettre*.

119. Le Meurtre de Polonius (84-586). Superbe épreuve
du 1ᵉʳ état, *avant la lettre* et *avant le T. C.*

120. Hamlet et Laertes dans la fosse d'Ophélie (89-595).
Très belle épreuve du 1ᵉʳ état, *avant la lettre*.

121. HAMLET, TREIZE SUJETS DESSINÉS PAR EUG. DELACROIX,
Paris, Gihaut (76-88-577-591). Suite complète des
13 pl. de la 1ᵉ édition, avec la couverture impri-
mée. (*Exempl. offert en 1850 par le Maître à son
ami Cⁿᵉ Dutilleux*, note de M. A. Robaut).

122. Hamlet, huit planches. Belles épreuves.

123. Goetz de Berlichingen (22, 23, 25, 26). Quatre
pièces. Belles épreuves sur chine, avec l'adresse
de Bertauts.

124. Les mêmes pièces, trois sur chine.

125. Lion dévorant un cheval (56-805). Rare épreuve
avec le titre : *Groupe d'Animaux*.

126. La même pièce. Deux épreuves d'états différents.

127. Hercule appuyé contre une colonne (19-941). Belle
épreuve. Très rare.

COSTUMES DE TANGER.

128. Hercule et Antée (21-1027). Epreuve d'essai. Fort
rare.

129. La même pièce. Très belle épreuve. Très rare.

130. La même pièce. Très belle épreuve. Très rare.

131. Tigre en arrêt. Cliché-verre. (Robaut 1282). Très
belle épreuve.

132. La même pièce. Belle épreuve.

133. Sujets divers. Eaux-fortes. Onze pièces. Belles
épreuves.

133 *bis*. Sujets divers. Lithographies.

134. Episode de la Guerre de Grèce (M. page 81). Très
belle épreuve d'une pièce attribuée à tort, à la
vente Delacroix, au maître : (Cette pièce est
gravée par Bourruet-Aubertot). Très rare.

FANTIN-LATOUR (H.)

135. A la Mémoire de Robert Schumann (G. Hédiard
51). Superbe épreuve sur chine, *avec dédicace.*

136. La Fée des Alpes (00). Superbe épreuve sur chine,
avec dédicace.

137. Sara la Baigneuse (00). Superbe épreuve sur chine,
signée.

138. Manfred et Astarté. 3 pl. (107). Superbe épreuve
sur chine, *signée.*

139. A Robert Schumann. 2e pl. (100). Superbe épreuve
sur chine, *signée.*

140. Déposition de Croix (113). Superbe épreuve sur
chine, *avec dédicace.*

141. A Delacroix (03). Superbe et fort rare épreuve
d'essai, *avec dédicace.*

GÉRICAULT (J. L. Th.)

142. Les grands Chevaux (Ch. C. 75-80), pl. 1 à 10
(sur 12), soit dix pl. Très belles épreuves, la plu-
part sur chine.

N.° 207 du Catalogue.

143. Chevaux. Trente-six pièces appartenant à diverses suites. Belles épreuves. On y a joint le portrait de Géricault, par L. Cogniet.

GIGOUX (Jean)

144. Dorval (Mme) (114). Très belle épreuve sur chine.

145. Delacroix (Eug.). 2 épreuves — Moine (Ant.). Trois pièces. Belles épreuves, deux sur chine.

HARPIGNIES (Henri)

146. *Essais de Gravure à l'eau-forte par Henri Harpignies fils, 1849* — Valenciennes, *Binois de L'Épine*. Couverture (très-rare) et pl. 2, 3, 5 à 10 et 12, soit neuf pièces. Très belles épreuves, sur chine.

HERVIER (Adolphe)

147. 6 *Eaux-fortes par Hervier* (Delâtre, 1873). Six pièces. Très belles épreuves dans la couv. de publ.

HUET (Paul)

148. *Six Eaux-fortes par Paul Huet*, 1835 (58-64). Titre (coupé) et suite complète de 6 pl. Très belles épreuves du 1er tirage, sur chine (petites piqûres).

149. Chaumière normande des environs d'Arques (79). Très belle épreuve sur chine.

150. Le Midi. Très belle épreuve, *avant la lettre*, sur chine. On y a joint la Vue générale d'Avignon (épreuve rognée). Deux pièces.

151. Paysages. Six pièces par le procédé Desavary d'apr. des clichés-verre.

152. Paysages. Onze lithographies, plusieurs sur chine.

JONGKIND (J. B.)

153. Démolition de la rue des Francs-Bourgeois St Marcel (L. Delteil 18). Très belle et très-rare épreuve du 1er état.

MILLET (J. F.)

154. Femme vidant un seau (L. D. 28). Cliché-verre.
Très belle épreuve.

RAFFET (A.)

155. Charge de hussards républicains — L'Homme du
Peuple — O ! hussard ! tes pièges sont connus.
Trois pièces. Belles épreuves.

PRUD'HON (P. P.)

156. Une Lecture (E. et G. 7). Très belle épreuve, *avec
l'adresse de Motte*, sur chine.

ROBAUT (Félix)

157. Son portrait, par lui-même, 1835. Lithographie.
Très belle épreuve. Rare.

ROBAUT (Alfred)

158. L'Éducation d'Achille, d'apr. Eugène Delacroix.
Très belle épreuve sur chine.

ROUSSEAU (Th.)

159. La Plaine de la plante à biau (L. D. 6). Cliché-
verre. Superbe épreuve.

160. Paysages. Fac-simile de dessins de Th. Rousseau.
Douze pièces, y compris plusieurs doubles de tirages différents.

SAINT-MARCEL (Edme)

161. La Mère Duserre (18) — Portrait de religieuse,
d'apr. Eug. Delacroix (9). Deux pièces rares. Très
belles épreuves.

Nº 141 du Catalogue.

DESSINS

COROT (J. B. C.)

102. Le Charriot d'Arras (A. R. et M. N. 2861). Fusain Signé.

L. 0,490. H. 0,300.

On y a joint trois croquis pour cette composition.

103. Souvenir d'un tableau de Daubigny, exposé en 1853 (2863), au verso, croquis.

L. 0,310. H. 0,230.

104. Souvenir d'un tableau de J. Bellin et du Titien (2864). Fusain exécuté à Arras en Sept. 1853. Signé.

H. 0,300. L. 0,235.

105. Trois personnages assis sous les arbres (2877). Fusain. Cachet de la vente.

L. 0,320. H. 0,250.

106. Berger luttant avec sa chèvre (2881). Crayon noir et mine de plomb. Signé.

H. 0,310. L. 0,240.

107. Souvenir de la Bacchante (2886). Fusain. Signé.

H. 0,320. L. 0,226.

108. Fête du dieu Terme (2896). Fusain. Signé.

L. 0, 315. H. 0,240.

109. Versant avec une tour au bord d'un lac (2908). Fusain avec légers rehauts. Signé.

L. 0,350. H. 0,230.

170. Souvenir des bords de la Meuse (2915). Fusain Signé.

H. 0,305. L. 0,255.

171. La Montée au Calvaire (Douai Xᵐᵉ 1850) (2921). Fusain. Signé.

H. 0,475. L. 0,295.

N° 24 du Catalogue.

172. La Source au pied des bois (2925). Fusain avec légers rehauts de blanc. Signé.

H. 0,300. L. 0,230.

173. Lisière de bois avec une femme sous les arbres (2920). Fusain. Signé.

H. 0,310. L. 0,230.

174. La Vache et les trois personnages sous des arbres (2924). Fusain. Signé.

H. 0,255. L. 0,160.

175. Prairie près d'Arras, ou Vapeurs matinales (2930). Fusain. Signé.

H. 0,270. L. 0,200.

176. Souvenir des Dunes de Dunkerque (2932). Fusain Cachet de la vente.

H. 0,238. L. 0,232.

177. Le Cavalier passant dans un chemin creux (2934). Fusain. Signé : C. C.

H. 0,320. L. 0,260.

178. Le même sujet, croquis. Signé C.

H. 0,270. L. 0,200.

179. Personnages dans une vallée (2942). Au crayon noir.

L. 0,470 H. 0,310.

180. Le Talus planté d'arbres (2004). Crayon noir, rehauts de blanc. Cachet de la vente.

H. 0,310. L. 0,230.

181. Le Coup de vent (3014). Crayon noir.

L. 0,480. H. 0,305.

182. Jeune Femme éplorée sous bois (3026). Plume et mine de plomb.

H. 0,420. L. 310.

183. Le Miroir de Diane, souvenir du Lac de Némi (3027). Fusain. Signé.

H. et L. 0,265.

184. L'Arbre penché (3028). A la plume. Au verso autre croquis.

N° 108 du Catalogue.

185. Vallée avec temple antique (3029). A la plume (au verso autre croquis). Cachet de la vente.

L. 0,290. H. 0,175.

186. Le Berger au pied de l'arbre tordu (3032). A la mine de plomb. Signé : *27 mars 1874* COROT.

187. Groupe d'arbres en lisière d'un bois (3030). Au verso, autre paysage.

L. 0,650. H. 0,510.

188. L'Incendie de Sodome (3009). Fusain. Signé.

L. 0,400. H. 0,235.

189. Paysages (3015). Deux croquis, l'un signé c.

190. Forêt sauvage. Fusain. Signé.

H. 0,310. L. 0,220.

191. Baignade. Fusain. Signé.

H. 0,240. L. 0,205.

192. Paysage à l'homme accroupi. Fusain. Signé.

H. 0,320. L. 0,230.

193. Le Ruisseau. Fusain. Signé.

H. 0,305. L. 0,235.

194. Le Bouquet d'arbres. Fusain. Signé : c. c.

L. 0,300. H. 0,190.

195. Paysages. Croquis, recto et verso.

DELACROIX (Eugène)

196. Cheval sauvage terrassé par un tigre (A. R. 287). 1re pensée de la lithographie. A la mine de plomb. Cachet de la vente.

L. 0,245. H. 0,160.

197. Cavalier arabe attaqué par un lion (1068). Très beau dessin à la mine de plomb. Cachet de la vente.

198. Etudes de lions et de renards (1878) Mine de plomb. Cachet de la vente.

199. Lion et serpent — Cheval se relevant — Cheval se détournant. Trois croquis à la plume.

125 200. Etudes de Figures. A la mine de plomb. Cachet de
la vente.

201. Etude de figures et de deux chevaux se battant. A
la mine de plomb. Cachet de la vente.

DUTILLEUX (Constant)

202. Crête de Sin. Fusain sur papier gris.

L. 0,355. H. 0,290.

POTERLET

203. Jésus ressuscitant la Fille de Jaïre. Sépia d'apr.
Rembrandt.

ROUSSEAU (Théodore)

220 204. Coucher de Soleil au bord de la mer. Aquarelle.
Timbre de la vente.

L. 0,100. H. 0,069.

205. La Vallée. Au crayon noir. Timbre de la vente.

L. 0,310. H. 0,195.

206. Bords de rivière — La Route ombreuse. Deux
dessins à la plume. Timbre de la vente.

H. 0,190. H. 0,120 (chaque dessin).

105 207. Paysages. Deux dessins au crayon. Timbre de la
vente.

L. 0,225. H. 0,145 (chaque dessin).

240 208. La Route aux hauts arbres. Crayon. Timbre de la
vente.

L. 0,300. H. 0,160.

209. Le Moulin. Au crayon (au verso, autre croquis).
Vers 1835.

L. 0,170. H. 0,105.

TROYON (C.)

210. Vaches au bord de l'eau. Au crayon noir, rehauts
de blanc.

Imprimerie

FRAZIER-SOYE

153, rue Montmartre

PARIS